SATIRE.

LE FRONDEUR DE L'INIQUITÉ,

OU

DE LA FAUSSE THÉMIS;

Par M. Bohaire=Dutheil,

ANCIEN AVOCAT, HUISSIER HONORAIRE DU CABINET
DE MONSIEUR, PENSIONNAIRE DE S. A. R.

Diligite Justitiam, qui judicatis terram. Non enim hominis exercetis judicium, sed Domini, et quodcumque judicaveritis, in vos redundabit.
Sap. 1, 1, 2. Pasalip. 19 6.

À PARIS,

Chez DELAUNAY, Libraire, Palais-Royal, Galeries de bois, n°. 243.

1816.

SATIRE.

LE FRONDEUR DE L'INIQUITÉ,

ou

DE LA FAUSSE THÉMIS (1).

Sévère détracteur de complots bien sinistres,
Souvent j'ai de Thémis gourmandé les ministres ;
En toute procédure... en nombre d'actions,
J'ai signalé l'erreur... les noires trahisons...
Tantôt sur les scellés... tantôt sur le divorce...
J'ai démontré la fraude avec zèle, avec force ;
En défendant les droits de la propriété,
J'ai fait connaître ici toute l'avidité
De quelques gens d'affaire... Or, respectant le zèle
D'un légiste quelconque, et prenant pour modèle
Un homme vraiment probe... un être délicat...
J'ai dépeint comme un dieu l'excellent magistrat ;...
　En un mot, des abus j'ai cherché la peinture,
En respectant partout la sagesse et droiture...
Achevons nos portraits, et tâchons de prouver
Qu'on doit blâmer le vice, et justesse a prouver.
　Ah ! qu'un propriétaire est quelquefois à plaindre !...
Agent, notaire et juge, il doit souvent bien craindre...
Ils sont les défenseurs de sa propriété...
　Lui-même à la détruire on voit un entêté,
Ou bien un homme avide, avec riche adversaire,
Trafiquer son suffrage, et faisant son affaire
Du propre bien d'autrui... C'est un coup de canif...
Un coup de sabre après, par un agent Juif,
Est lancé sur le titre... on n'en voit plus de trace...
La clause en est changée, et l'astuce à sa place,
En prenant votre bien, forme un autre contrat,
Le tout, grâce au notaire, et grâce à *fier* en *fat*,

I

Qui de vrais contre-sens embrouillant tous vos titres....
En détruisent le bon avec tous ses chapitres.
   Ainsi l'on vous défend. Or, qu'un pauvre plaideur
Tapage et puis se plaigne... on rit de son humeur...
Il a perdu sa cause, il faut bien qu'il tempête...
Hélas !... c'est un pauvre homme... une mauvaise tête (2)...
   De là, nos gens d'affaire ont beaux et grands moyens,
En faisant leurs profits avec les citoyens...
Adversaire, ou client, intérêt, ou caprice...
La personne et les biens on jette au précipice...
Vainement un bon titre avait force de loi,
Il est anéanti par la mauvaise foi.
   « Monsieur, je vois ainsi, » vous dit un mauvais juge;
Pour donner des raisons il remonte au déluge;
Or, n'est-il pas le maître ?... Il a l'autorité,
C'est pourquoi vous perdez votre propriété...
Ou bien fort compromise, on vous met des entraves,
Qui des maîtres souvent forment de vrais esclaves...
   Trouvez-donc un remède : il est tel avocat,
Tel avoué, notaire, ou bien tel autre fat
Qui vous dévore ici ; mais là, plein de franchise,
Il vous aura sauvé... tout par son entremise
Vous fut très-bien remis... Quel contraste étonnant !
Ainsi, pourtant ce monde est en tout surprenant ;...
Et le mal, et le bien, ils vont tous deux ensemble,
Suivant telle fortune; on est sûr, ou l'on tremble...
   Votre adversaire est-il un Mondor opulent ?
Ou pour juge, avez-vous un gros sot indigent (3) ?
Nous l'avons souvent dit, un intérêt sordide
Guidera le cerveau du Ragotin avide...
   Ou le juriste juge est-il un entêté,
Un personnage vain, tellement hébété,
Que tout à contre-sens est pour lui l'évidence ?
Et l'astuce et le faux feront votre sentence...
   Rien n'est parfait ici, mais c'est le faux surtout
Qui réussit souvent... On n'a plus de vrai goût
A penser pour le bien, quand on voit la canaille :
Avec notre dépouille apprêter sa ripaille.
   Turcaret est fripon, mais il a de l'argent,
Pour l'obliger en tout, chacun devient ardent,
Il aura tout pour lui, les clercs, la gouvernante...
Et de leur trahison, en public, on se vante,

Si l'on rit aux éclats, ce sera de vous seul.
Vous êtes dépouillé... De votre bisaïeul
En vain la jouissance est par vous réclamée ;
Sous l'or d'un vil forban elle se trouve inhumée.
Vous étiez à votre aise, et vous avez plaidé,
A présent misérable... on vous voit bien fraudé....
On a donc oublié votre ancienne richesse,
Et l'on méprise enfin votre état... sa détresse...
    Soyez en arbitrage, ou bien devant Thémis,
Vous serez dépouillé par ennemis, amis...
C'est le sort des plaideurs (4)... Mais comment donc s'y prendre?
Autant vaut dans un bois s'aller laisser surprendre.
C'est vous qui l'avez dit... Et les pauvres humains
Sont des morceaux de boue allant toujours leurs trains.
Pour voler, ou ravir... Il faut de la fortune,
Et rien n'est ménagé pour en avoir une.
    Or, votre propre frère, oui, le meilleur ami,
Se rendra le complice... En tout bien affermi,
Dès qu'il s'agit de prendre... et jusqu'à la chemise,
Ils ne laisseront rien dans leur folle entremise...
Les mortels sont ainsi barbares, et cruels,
Ils se font à chacun des torts, maux éternels.
L'amitié c'est un mot... alliance est un autre,
Et dans ces deux partis, s'il est un bon apôtre,
Peut-il être le maître ? Il est contrarié
Par un filou collègue, au vol associé :
Écrivez... parlez bien... mais vous aurez beau faire,
Malgré titre et bon droit, vous perdrez votre affaire...
Qu'un juge soit juriste en général il faut:
Ou bien dans son emploi, très-souvent en défaut,
Vous le verrez confondre et le fond, et la forme,
Et pour un incident il supprime, il réforme,
Dans les formalités il s'égare, il se perd,
Pour entraver en tout la chicane le sert.
Il lui faut des procès, expertises, enquêtes,
Des actes... des exploits... ce sont pour lui des fêtes...
    Au lieu de conserver, par la forme, le fond,
Le fond avec la forme à loisir il confond.
Pour un jeu d'un liard allumant vingt bougies,
Avec vos louis d'or on forme des orgies,
On boit à la santé des malheureux plaideurs.
Messieurs, l'huître était bonne... En vain nos grands frondeurs

Inventent des discours , des moyens de prudence ,
Pour éviter , honnir cette funeste chance ;
Jusqu'ici l'on n'a pu supprimer les procès ,
On ne pourra jamais étouffer leurs excès.
Dans l'homme enraciné , le vice agit , complote ,
Et pour confondre , errer , il y règne en despote...
  Un jour par un bon acte il était arrangé
Qu'en argent , ou nature , en mon bien engagé ,
Suivant mon choix , j'aurais très-belle et bonne rente ,
Et qu'*averti* par moi , remplissant mon attente ,
Le fermier paierait... Alors , aucun huissier
Ne m'était nécessaire : on mit *notifier* (5).
Ce terme de chicane a servi de prétexte
Pour embrouiller la clause et comprimer le texte
Du titre et de la loi... J'étais servi sans frais ;
Mais le rusé notaire , avec un tel *biais* (6) ,
Écornait le contrat ; ne faut-il pas qu'on gruge ?
Or pour mieux déchirer est survenu tel juge ;
J'étais par le notaire assez mal surchargé ,
Mais le coup de Thémis fut un coup d'enragé...
  Au lieu de nous défendre , et juriste , et notaire
Suivent , dans leurs complots , leur fougue attrabilaire.
Thémis taille , expédie et vous condamne aux frais ,
Et tout par son caprice est en vogue au palais...
  Hélas ! comment donc faire ? et quel juge il faut prendre
Qui ne puisse jamais se laisser trop surprendre ?
J'avais pour ami faux , certain correspondant ,
Criard comme une pie , assez vain et pédant ,
Visage rubicond comme celui d'un chantre ,
Et d'un Polichinel ayant tout le gros ventre (7) ;
Il m'avait bien servi dans mainte occasion ,
Et voilà tout-à-coup que mon *Aliboron*
Par intérêt sordide , ou bien par pur caprice ,
Me rend dans mon procès le plus mauvais office...
  Et puis fiez-vous donc aux suppôts de Thémis !
Aimans par circonstance , ils seront vos amis ;
Après... un autre arrive ayant l'art de leur plaire ,
Ils lui seront vendus sans crainte de mal faire :
Leur justice est mobile en toute occasion.
Ce sera pire encore , si l'éducation
Manque à ce Ragotin : alors tout grand principe
Vient bientôt échouer près le gros Prototype ,

Et vous êtes occis... Si donc de votre voix
On entend les accens, les plaideurs aux abois
Conviendront volontiers que de grande injustice
Vous subîtes le choc et toute la malice...
C'est un plaideur qui parle!... Eh donc! à ces messieurs
Faut-il, peut-on ôter l'emploi de grands crieurs ?
Autant vaut arrêter le cours subit du Rhône ;
Alors on plaint Thémis, et souvent on la prône...
L'homme au procès perdu, *bien et dûment rossé*,
Victime de l'intrigue, est toujours détroussé...
Cela fut de tout temps; à tort le misanthrope
Réunit pour le plaindre et la France et l'Europe,
On plaidera toujours : bons ou mauvais procès
Seront perdus, gagnés, et suivant les excès
Du plaideur, ou du juge, on aura la justice,
C'est-à-dire par fois, l'éternelle malice.
Il nous faudrait un Dieu pour juger les procès,
Et, comme il est au ciel, il rit de nos excès...
Dans son ordre suprême, ayant bien autre affaire,
A tous genres de maux il ne peut nous soustraire :
Du moins on le prétend. Contre sa volonté
Que peut faire ici-bas la faible humanité ?
Le mieux pour nous sans doute est de savoir nous taire,
De respecter en tout un ordre nécessaire.
Or, mon gros Ragotin a bien des qualités :
S'il est pour décider l'un des plus entêtés,
Par fois sans intérêt, et souvent honnête homme,
Il est un peu dandin... il fait le majordome,
Il criaille, il tempête... il est assez butor...
Il sait peu discuter, bien souvent il a tort ;
Mais bien souvent aussi d'une amitié sincère
Il a montré partout le noble caractère;
Ainsi, que voulez vous?... Un homme sans défauts
Est encore à trouver ; quand on voit des trigauds
S'enveloppant toujours de leur hypocrisie,
Ils n'ont pas moins leur vice, et même une Aspasie
Qui les mène et conduit dans leurs beaux jugemens,
En réglant la justice au bon poids des présens...
Tantôt c'est le notaire et tantôt c'est l'huissier,
Le secrétaire aussi, l'avocat, le greffier,
Tout sert à faire perdre, ou gagner votre cause;
Jadis comme à présent, c'est toujours même chose.

Sur chaque jugement, agissant à l'envers,
On inscrit, « Point de droit... » *C'est celui de travers...*
De la fausse Thémis c'est toujours la sentence,
De son iniquité telle est la conséquence.
Arbitrage, ou justice, est-il un citoyen
Qui plus que moi partout ait trouvé le moyen
D'éprouver l'équité du plaideur et du juge ?
Non, non, il n'en est pas... et sur le fébrifuge
Dans l'ardeur des procès j'ai donc droit de parler;
Pour la perte, ou le gain, j'avais à révéler...
Je suis fâché vraiment de trouver tant de vices.
Pour l'exemple, l'on doit fronder les injustices,
C'est le plus bel emploi d'un véridique auteur :
Si l'on ne change point, si l'on est pas meilleur,
Ah ! ce n'est pas sa faute, il démasque tout vice:
Or, c'est à l'homme probe à trouver la justice...
Les juristes ont tous un très-bon traitement,
Et l'on fait ce qu'on peut, en donnant notre argent...
   Nous l'avons déjà dit, un fat a tel compère,
Il reçoit des deux mains dans un profond mystère,
Secrétaire, avocats, et plus loin les greffiers...
Des intrus inconnus... solliciteurs... huissiers...
Le vrai dû confondant avec leur injustice,..
Or de l'autel on vit; chacun de son office
Doit vivre, disent-ils... Mais quand on est payé...
Doit-on l'être deux fois ?... Doublement soudoyé,
Vous commettez un vol... Certain juriste riche
Doit être moins avare, ou si l'on veut moins chiche...
Mais s'il est pauvre enfin... Est-il rien de parfait ?...
...Ah !... souvent au hasard, en vertus... ou forfait...?
   A quoi donc nous sert-il de parler et médire,
Puisque tout va de même, et malgré la satire ?...
   En prenant un arbitre, on croira tout gagner ;
Souvent encor on voit aucun ordre épargner,
Pour trancher, envahir... Au moins c'est sans dépense ;
Au lieu qu'en un procès, et contrôle et sentence,
De bel et bon argent il vous faut tout payer.
Ne vous restant plus rien, irez-vous vous noyer ?...
   Le désespoir ainsi finirait la misère.
Il en est des procès comme il est de la guerre :
Vous vous trouvez pillés par amis, ennemis...
Et, si vous vous taisez, vos péchés sont remis...

Mais, sensible à la perte, ah ! si votre colère
Enflamme votre esprit ou votre caractère,
Thémis et ses suppôts viendront vous assommer.
Ils ont toujours raison, et c'est les diffamer
Que citer en public leur tours et leurs fredaines,
Dont on voit les effets par mille et par centaines...

Finissons donc, ma verve, et prenez garde à vous ;
N'allez pas sur vous-même exciter leur courroux.
Tàchez d'être meilleure... En sordide avarice,
Si de quelque voisin vous sentez l'injustice,
Il faut la prévenir... Parlez, avancez-vous ;
Offrez, payez, donnez, sans vous mettre en courroux.
Pour quelque sacrifice... il sauve la fortune,
S'il est fait à propos, par ardeur peu commune...
Vous gagnerez beaucoup refusant de plaider,
Sacrifiant toujours pour mieux vous accorder.

Si vous plaidez enfin, respectez la justice ;
Garantissez-vous bien du cruel maléfice ;
La prudence et le zèle auront un bon effet,
Pour vous sauver d'un bois, ou bien d'une forêt.

Or, quel bonheur pour vous, quand un juge bien sage,
Défendant votre avoir, vous rend votre héritage...

Cet exemple est fréquent sous un Monarque bon ;
Tel est Louis XVIII, en science profond ;
Il voit tout par lui-même, et sa grande justesse
Provoque en tous états une exacte sagesse...

Non, rien dans l'univers n'est plus cruel, affreux,
Qu'un abus de justice ; et, s'il est de vrais dieux,
On devrait implorer leur vengeance céleste,
Pour déchirer, brûler (8) la sentence funeste
D'un prévaricateur qui devient scélérat,
Au moment qu'il complote un semblable attentat...

Les juristes sont faits pour défendre les titres,
Et non pour dévorer leurs différens chapitres.
Tout praticien légiste est un traître, un vaurien,
Quand au propriétaire il arrache le bien ;
L'intention de l'acte il faut qu'il examine,
Que, sur de bons moyens, il juge et détermine ;
Par la prévention, s'il devient indiscret,
Et que sur l'injustice il fonde son décret,
Dans la société c'est un monstre exécrable,
Dont il faut purger l'air, en l'envoyant au diable...

Nous flattons trop Thémis , juger est un métier;
Trop de respect parfois doit gâter l'ouvrier.
Peut-être il vaudrait mieux inspirer de la crainte
A tel ministre ou juge , afin que la contrainte
Pût l'obliger à suivre un exact devoir ,
En l'écartant en tout de l'abus du pouvoir...
   Chacun se croit un Dieu quand il est sur son siége;
Et d'agir comme il veut il prend le privilége.
Mais la bonne Thémis , en sage jugement ,
Est pour la vérité sans aucun ornement.
Sans affectation , un vrai juge prononce ,
Avec un ton modeste il décide... il s'énonce...
La baïonnette en tout ne fait pas l'équité;
Elle peut nous ravir le bien , la liberté;
Mais nous laissant l'honneur, un homme de mérite
De l'ordre social est l'exemple et l'élite...
   Tout homme de bon sens qui veut la vérité,
Désire la justice... Oui, sans difficulté,
Il trouve toutes deux... et s'il juge... et décide...
La Sagesse est sa loi... toujours elle est son guide;
La conscience en tout doit de l'homme public
Gouverner la pensée, et, sans aucun trafic...
De même sans aigreur... s'il absout... ou condamne...
On prône sa justesse... elle est des dieux l'organe...
   J'ai vu bien des procès obscurs... très-embrouillés,
Après un grand travail, par moi seul débrouillés;
J'ai reconnu le vrai, j'ai senti la justice.
Elle n'échappe point à qui veut son office...
   Or, il m'est arrivé de trouver un pédant,
Qui, par une entremise avec son intendant,
Sollicitait de l'or comme l'esclave traître,
Demandait pour lui seul, on voulait que le maître
S'en expliquât de même; et, ne l'ayant pas fait,
L'or on a refusé... Dès là, peu satisfait,
Le pédant en rabat aura gardé rancune,
Pour écorner le titre, ainsi que la fortune.
   Et puis fiez-vous donc aux amis du palais,
De leurs beaux sentimens comptez bien sur les traits!
Par sa perversité l'homme est répréhensible,
L'intérêt gâte tout, en tout il est nuisible.
   Vous-même le premier, seriez-vous donc meilleur,
Si de votre or, enfin, dépendait la faveur?

Consultons bien en tout la bonne conscience ;
Ce bel amour du bien est sujet à la chance...
    Sur tel événement on est complice aussi,
En malversations se trouvant endurci.
S'il s'agit de gagner, de sauver sa fortune ,
On a pour l'intérêt l'opinion commune ;
Eh ! consolons-nous donc de n'être ange , ou bon Dieu ,
Au Palais, comme ailleurs, d'être un homme en tout lieu,
C'est-à-dire être faible , être sujet au vice,
Et tour-à-tour enclin au bien, au maléfice...
    Armons-nous de courage en faisant beaucoup mieux ;
Prenons dans nos moyens l'exemple des vrais dieux,
Et les rendant jaloux, malgré notre misère ,
Suivons de leurs vertus le divin caractère...
    Il est aussi très-vrai que nombre d'aigrefins,
Que nombre d'ignorans et de grands turlupins,
En sciences et beaux-arts ridicules athlètes,
Déprisent les lettrés, et surtout les poëtes.
    Mais tout titre est enseigne, et l'homme en tout état
A droit de s'honorer... Le seul titre de fat
Donne du ridicule, ajoutant à la somme
Du mérite opposé... celui du galant homme.
Chacun est bien son maître, et d'encenser un bouc
Doit-il être forcé ? Lorsque le dieu *Malouc* (9)
Est verrat ou pourceau, ma verve en sa colère
Peut, dans l'occasion, devenir un cerbère ;
Mais il faut pardonner... la rancune, au malheur
Expose un érudit ; au contraire, au bonheur
L'indulgence dispose ; elle est des dieux l'exemple,
Et pour s'éterniser, elle trouve leur temple...
    Toutefois il faut bien d'un sot, d'un Ragotin,
Démasquer la figure et le ton d'aigrefin ;
Oui, l'on doit inspirer de grandes défiances
Contre les contre-sens et les folles sentences.
    Alors l'amour du bien doit aiguiser nos traits ;
Mais sans noirceur il faut en publier les faits.
On doit avoir pour but d'exciter à mieux faire,
A l'homme probe en tout chercher toujours à plaire...
    Fort pour les incidens , un praticien félon
Trente ans fera durer une succession ,
Et dans cet intervalle, en pêchant à l'eau trouble,
Aux frais du patrimoine, il vous pille le double...

Tandis que le bon juge, ardent à tout finir,
Pour délivrer *l'hoirie* est prompt à définir,
N'ayant point de repos, n'usant de son office
Que pour nous être utile et nous rendre justice.
  Il ne faut pas non plus imputer tout au cœur :
Quand un homme au cerveau, par certaine stupeur,
A des fibres gênés en sa méchante tête...
S'il est un peu fripon, il est encor plus bête...
  Il aura pour ministre un praticien bavard,
Discutant et plaidant avec un ton poissard,
Qui, donnant pour moyens des cris épouvantables,
Paraît une furie ou le premier des diables.
  Ah ! qu'on est malheureux ! légiste, entrepreneur,
Pour nous tromper *parfois*, on est *par trop* voleur;
Un pont, un monument nous sont-ils nécessaires ?
Architectes, maçons font leurs propres affaires;
Mais l'intérêt public sera compté pour rien
Par un vil partisan. Pour amasser du bien,
Avec péage et droits, il vous ronge, il vous pille,
Et s'enrichit bientôt, lui, toute sa famille.
  Il faut qu'il ait voiture, il devient un Crésus,
Constatant par ses airs les hauts faits des abus...
Et puis de la noblesse on voit de plus ses titres,
De belles qualités incruster des épîtres...
  Il est riche à présent, l'or fait considérer; (10)
Il vous conduit en place, il vous fait décorer;
Avec l'or on oublie injustice et bassesse,
Et c'est l'or qui vous donne et mérite et maîtresse;
Cela se vit jadis, on le voit de nos jours,
De la fortune enfin tels sont les plus fins tours.
  Au fait, l'homme est égal, le bien et la naissance
Tout est hasard chez nous et dépend d'une chance;
Il faut donc vivre en paix, s'estimer et chérir,
Puisque riche ou bien pauvre, il faut toujours mourir,
Et que du plus ou moins, nous brillons en justice,
Sans être exempts en rien de défauts ou de vice...
  Épargnons notre frère, et s'il nous a fait tort,
Travaillons un peu plus pour arriver au port;
Le bonheur ne gît pas toujours dans la richesse,
C'est dans le choix du temps qu'on trouve l'allégresse:
Si je n'ai pas beaucoup, je dépense encor moins.
Ainsi je suis heureux en dépit des besoins

D'un Ragotin bien riche... il lui faut sa voiture ;
Et moi, je vais à pied *admirant la nature*,
M'égayant comme un fou... parfois au cabaret
Je fais rubis sur l'ongle avec du vin clairet;
S'il n'est pas de Bourgogne, ou bien de la Champagne,
Pour un coup j'en bois trois avec belle compagne.

Oui, je suis donc heureux, il faut prendre son temps
Comme il nous vient ici, dans la ville ou les champs.
Si vous trouvez un sot, un feuilliste imbécile,
Raison de plus pour rire, et pour chasser sa bile...

Et vous, ambitieux, qui vous tourmentez tant
Pour attraper cet or; ce n'est pas du comptant,
Le bonheur est le seul... Vient de plus la justesse,
C'est la bonté surtout qui donne l'allégresse.
Quant à l'iniquité, fuyons tous ses transports,
Et soyons probes... vrais... suivons les beaux accords
De joyeuses vertus... vivons en tempérance,
Soyons sobres enfin, même dans la bombance.

Jusque dans la mairie il est de grands abus;
Cet office est sujet à certains droits confus ;
Suivant la foi d'agens, ou plus, ou moins fidèles,
Du juste, ou de l'injuste, on voit les étincelles ;
Dans la guerre surtout, et même en temps de paix
On voit de l'homme avide, et les tours... les forfaits;...
Ici l'on requiert mal, et là, si l'on vous loge,
A certaine équité trop souvent on déroge ;
Oui parfois l'arbitraire ou la concussion
Infectent les bureaux de leur corruption ;
On foule celui-ci, mais on épargne l'autre,
Suivant comme le maire est bon ou faux apôtre.

On prend (11) avoine et blés à nos cultivateurs,
On prend aux campagnards les fruits de leurs sueurs;...
Si cette dure prise est en vain consommée,
Ah! c'est un grand forfait... il fait tort à l'armée...
Et jusqu'au mercenaire... Hélas! cet ouvrier
Naguère si robuste... et cet autre guerrier...
Tous deux infirmes, vieux, voyez la malveillance
Requérir, sous leur chaume, un peu de subsistance ;
Le premier, *la glanant* à la sueur du corps ;
Le dernier en gardait ce qui restait encor...

Or, dans leur désespoir, elle est bientôt ravie...
La mort... *la mort*... sans pain peut-on souffrir la vie !

J'ai connu près d'un maire un grand *Cadet-Roussel* (12),
Dans tous ses procédés aussi dur que cruel,
Qui, pour ravir de l'or, dont il semblait fort chiche,
Savait gruger le pauvre et dévorer le riche.

Que ce pauvre est à plaindre !... est-il dans le malheur,
Ce qui lui fait du tort est pour l'autre un bonheur ;
Ainsi le concierge, en logeant pour son maitre,
Est sûr d'un gros mémoire... il n'a plus qu'à paraître...

Mais n'a-t-il pas sa vie encore à ménager ?
Ensuite à de vrais torts, il faut de plus songer ;
Souvent on calomnie un agent plein de zèle,
Faisant tout ce qu'il doit en citoyen fidèle...

Où donc pouvoir aller ?... En province, à Paris,
L'homme est partout de même, on va de mal en pis.
Par là, si l'on vous vole avec délicatesse,
Ici, de gens grossiers vous sentez la rudesse :
Ainsi toujours volé, vous serez bien mordu,
Ou rustique, ou poli, par tel individu...

Êtes-vous au village ; on peut avoir pour maire
Un paysan avide en profits ou salaire,
Tout bouffi de sa place ; il n'est point d'avocat
Qui pût aller de pair avec tel maître fat :
Il vexe les bourgeois. Si de parler, écrire,
Il a la fantaisie, eh ! que peut-il vous dire ?
Des logemens, impôts, dans son iniquité,
Il vous lance le poids, avec grossièreté.
Il vous vend, il vous livre, aidé de son village,
Qui de vous bien fouler sent aussi l'avantage. (13)
Un percepteur, surtout, trouve un très-grand crédit ;
Parmi les habitans nul ne le contredit.
On a peur de sa griffe, et si c'est un perfide,
On ne peut se garer de sa fureur sordide.

Il faut croire pourtant à des exceptions,
Au village, aux cités, en bonnes actions ;
On remarque l'exemple, et, si l'on cède aux vices,
On y voit des vertus les excellens offices.

Enfin à la mairie, au temple, au tribunal,
Partout on voit le bien, partout on voit le mal ;
Mais pour se signaler l'honneur est fort habile,
Et d'en suivre la trace il n'est pas difficile.

Revenant aux procès, sur le jeu d'un liard,
Toute plume requise y trouve bonne part.

Ici c'est la descente, et là c'est une enquête;
De vous expédier on se fait une fête;
Au lieu d'une pistole on vous prend mille francs:
Vous êtes ruiné de l'avis des pédans.
Aux dépens des plaideurs on paye des orgies,
Et l'on rit aux éclats des feux et des bougies.

Mais si le juge exerce un office de Dieu,
Peut-on trop décorer le ministre et le lieu?
Il est digne vraiment d'une belle couronne
D'illustrer l'équité dans celui qui l'ordonne!
Et comme un praticien, le magistrat d'un roi,
Peut-il, dans une étude, exercer son emploi?
Devra-t-il, discutant le droit et la sentence,
Ainsi que le notaire en vanter l'excellence?

Pourquoi pas? répond-on. O mortels glorieux!
Jusqu'à quand irez-vous vous comparer aux dieux?
Pouvez-vous oublier, en palais ou chaumière,
Que vous êtes toujours de poudre ou de poussière? (14)

Parlons du comité d'un théâtre français:
En tel sénat comique, où Thémis aux abois,
Pour un mot, pour un vers, flétrit un fort bel œuvre,
De l'avis d'un grison, ou bien d'une couleuvre,
Poussée en ses décrets par les efforts d'un sot,
Ou de quelque cabale en suivant le complot,
On voit aussi l'abus des juges, des sentences,
Mêmes iniquités, mêmes impertinences.

En vain vous démontrez à tel comédien
Qu'on peut tout critiquer, réduire tout à rien. (15)
Il sait prendre un biais, et refuse l'ouvrage
Dont il n'a pas l'esprit de sentir l'avantage.
Par lui, comme par autre, avec tel préjugé,
Sur tout, en tout, partout, vous serez mal jugé.
Si, dans un sens plus droit, vous trouvez un seul homme,
Mille de contre-sens vous donneront la somme...

On pardonne à l'agent du tripot d'un journal
L'art de tout mal juger, s'il est original,
Sans être trop niais, dans son impertinence;
Il suffit de sentir la faux de sa sentence;
Le reste est méprisable: on sait bien qu'un tel sot,
S'il n'est pas imbécile, est fripon sur le mot... (16)
Et puis, il n'est pas libre, il est sujet à l'ordre,
Suivant que la cabale et lui sont en désordre...

S'il est un grand vaurien, quelque monstre infernal,
Qui, pour vous dévorer, *d'un débouté fatal* (17)
Ait besoin de la fraude, ardent à vous abattre,
On saura le surprendre, et plutôt cinq que quatre.
Celui qui vous défend se prête à tel complot,
Et chacun le soutient par son droit au tripot.
Ainsi l'on vous arrange, ainsi on vous déchire;
Rien ne pourrait vous sauver d'un pharisien.... d'un sbire....

    Tel suppôt de justice, ou traître, avide, ou faux,
Est tellement à craindre, il cause tant de maux,
Soit comme défenseur, ou bien comme notaire,
Que, fléau d'un canton, on cherche à s'en défaire.
Un bandit de ce genre est maudit en tous lieux.
    Or, j'en connaissais un, de travers, sourd, affreux....
Il n'était dans ses biens, prés, bâtimens ou terre, (18)
Qui n'eussent de cliens affiché la misère;
Alliés et parens, il a toujours trompé;
Dans la bourse, au trésor... il a souvent pompé...
De pauvres campagnards disposant la ruine,
Il a souvent vécu de fraude et de rapine.
    Un jour je fis gagner à l'avide magot
Cent bons louis, d'un seul trait, d'un seul lot,
Et quelque temps avant, pour une belle affaire,
Je l'avais fait choisir... Le vilain, le corsaire,
M'ayant fait un contrat, il y mit un tel prix,
Que je me vis contraint, en jetant les hauts cris,
De ne lui présenter qu'un tiers de sa demande,
Notez qu'il me devait, et j'outrais mon offrande...
J'eus contestation et fus trahi par tous,
Juges et défenseurs, les francs avec les fous,
Confondant à loisir, d'une affreuse sentence,
Ou noire iniquité, je subis la dépense (19).
    Cet être laid, hideux par le cœur et l'esprit,
A mérité le mal que partout on en dit :
Au temps de la terreur gouverneur de sa ville,
D'avoir la bonne cause il était inutile,
Pour conserver sa tête il fallait de l'argent,
Sinon il menaçait en tigre ou vrai serpent :
Amis et bienfaiteurs, il vexait tout le monde,
Pourvu qu'il eût de l'or. Dans sa fureur immonde
Ce Thersite vorace achetant des procès,
Il vous ronge, il dévore, et d'excès en excès,

En vol, soustraction de vos pièces et titres,
Par le dol et la fraude il surprend les arbitres...
　　Donnez-vous des louis pour l'enregistrement?
On n'enregistre pas, on garde votre argent :
Les suppositions... les traits de l'imposture...
Rien ne peut d'un faussaire exciter la droiture...
　　En faisant tant de mal, un aussi grand fripon
Invoque encore le mot *considération*;
Il a celle d'un loup. Pourtant cette sangsue
Se vante d'épargner quand elle égorge et tue...
　　Or, combien sont cruels ces forbans crapuleux,
Frauduleux acquéreurs de droits litigieux,
Capables de séduire les juges, les ministres :
Notre avoir est ravi dans leurs complots sinistres...
　　Quels énormes abus! quoi! lui, mon défenseur!
Servant mon adversaire, et, suivant sa fureur,
Il me vend, il me livre, il n'est aucun chapitre
Sur lequel il ne vole ou ne perde le titre.
Aulieu de ma défense, en l'étude, au barreau,
Pour mes seuls ennemis il devient mon bourreau :
N'est-on pas révolté d'une manœuvre atroce,
Qui fait de tel légiste une bête féroce ?...
　　Mais, chose très-risible, et pourtant qui fait peur,
Ce fourbe (20) est dans le temple un marguillier d'honneur !
N'est-ce pas révoltant !... C'est avec raillerie,
Qu'à la garde du loup on voit la bergerie...
Et pourtant ce même homme est encor à citer;
Parmi les bons larrons on pourrait le compter :
Il a par fois de l'âme, on l'a vu de son père
Rétablir la fortune, et même de son frère...
Bon père, bon mari, complaisant, généreux,
Quelquefois il est doux, et malgré ses laids yeux
Il s'est vu, d'un ami faisant le bon office,
En des occasions rendre à quelqu'un service...
　　Donc, la bonne Thémis surveille les fureurs
De la fausse déesse; et toutes ces horreurs,
Avec son équité, promptes à disparaître,
Enflamment sa sagesse, et la font reconnaître...
　　Hélas ! pauvres humains ! à l'immortalité
Vous prétendiez courir; mais le fatalité
Vous arrête tout court... la plus mince vétille,
Au lieu d'une épitoge, arrange une mandille...

Vous visiez aux lauriers ; vous avez des chardons
Ou bien du chicotin... un âne à les bonbons...
  Et quant aux vrais talens, l'extrême indifférence
Réduit au seul mépris la suprême éloquence.
Si l'on parle de vous et de vos plus beaux vers,
C'est comme du premier des fous de l'univers...
Ils seront Turlupins, insolens et faussaires,
Même étant vos amis, ou bien vos adversaires...
  Comme des loups, on voit certains praticiens
Ne marcher que par bande, et de si grands vauriens,
Vous trouvant sur la route, animant leur rapine,
Tout en vous caressant trament votre ruine.
Vainement d'un bon titre authentique et paré
Vous opposez les traits, vous serez dévoré.
  Un agent fait tout seul ce qu'un corps ne peut faire,
Il ménage du temps au perfide adversaire ;
Et dans votre poursuite aussi bien arrêté,
Auprès de votre bien vous ête molesté ;
C'est un procès qu'il fait, il en livre la forme
A ses correspondans ; on tranche, on vous réforme,
On brouille du papier, on gagne votre argent,
Et de tout envahir on a l'expédient.
Notre fausse Thémis ne cessant de mal faire,
Malgré votre bon droit vous perdrez votre affaire.
  Or, vous dit un fripon ou bien quelque benêt,
S'il vous faut un agent, c'est pour votre intérêt.
Comment doit-on payer ?... En argent ?... ou nature ?...
Dans les deux cas, pour vous, est toute l'aventure.
  Fort bien ! mais un fermier qui cultive mes champs,
Qui travaille, ensemence aux saisons... dans les temps...
Dira-t-il que pour ça, quitte des arrérages,
Il ne doit à son maître, ou faisance, ou fermage !...
  Faudrait-il aux bandits escaladans vos toits
Compter de bons écus, pour leurs brillans exploits ?
Récompensant enfin le vol et le pillage,
Faut-il donc honorer leur funeste ravage !
  Le débiteur doit tout... et justice et raison
Veulent que son travail soutienne sa maison ;
Mais par un autre accord, louable et salutaire,
Il assure un loyer à son propriétaire...
  O séjour de couleuvre ! ô séjour de vrais loups !...
O pays infecté par l'horreur des hiboux !

Tous les hommes ici n'étant que pouriture (20 *bis.*),
De vils morceaux de boue ils sont dans la posture ;
Indigne région, où tout homme sensé
Par les gens les plus sots est souvent offensé :
La vérité, le faux, marchent souvent ensemble ;
Toujours pour le mérite on s'effraie... et l'on tremble...

Tout dépend de l'astuce... Un rusé procureur,
En prolongeant ses frais, ajoute à leur valeur,
Et, si dans la chicane il a quelques données,
Un procès, pour le moins, doit durer cent années.

Encor si ce procès était mal intenté !
On prouve du remords... qu'on n'est pas entêté...
En ne le suivant pas... Le mal, le bien, vous dis-je,
Vont ensemble de près... par un heureux prodige...

Mais, ciel ! quels vicieux !... Ici, c'est un grand fat,
Qui veut juger, défendre, et ne sait pas l'état ;
Il s'est mis dans la robe, il était militaire ;
Il est hardi bavard, et très-prompt à mal faire ;
Toujours à contre-sens dans son opinion,
Il sent bien le défaut de l'éducation.

Là, c'est un Turlupin, le *vrai quart d'un notaire* (21),
Aussi mince érudit que sot homme d'affaire,
Ayant étudié dix ans sous un auvent ;
Sans latin, ni français, freluquet insolent,
Inconséquent et faux, il croit que la science
Est un simple débit de toute impertinence ;
Capricieux, très-vain, maussade, esprit boudeur,
On ne peut deviner le but de son humeur ;
Il reste seul, s'enferme, et son air pitoyable
Sert à prouver partout qu'il est insociable.
Ami traître et félon, méprisant les anciens,
Pour tout ordre décent, sans frein, ou sans liens...

Il serait fort content de donner l'étrivière
A tel qui lui déplaît, toutefois par derrière,
Et bravant le plus fort, à quarante contre un,
Il pourrait sur le soir assassiner quelqu'un.

Or, s'il vous caressait, prenez garde à sa pate,
C'est la griffe d'un chat... soit qu'il frotte,... ou qu'il flatte...
Ce n'est pas du velours... Très-rêche, et fort hargneux,
Petit au cabinet, et petit en tous lieux ;
Sur vous, sur vos talens, ameutant tout le monde,
Quoique stérile en tout, il faut qu'il juge et fronde ;

Voulant rire et chanter, pour tout dire en un mot,
S'il n'est pas rossignol, il est bien un pierrot.
 Cet autre est un félon, son art est le mensonge ;
Si vous le recevez, il vous gruge, il vous ronge.
 Et ce démon boiteux, ivrogne tonsuré,
Ce méchant garnement qu'on a tant censuré,
Des lettrés parlant mal, et surtout de Voltaire, (22)
Prétendant aux grands mots, sans esprit pour les faire,
Pourquoi donc le citer ? Si le docte est sali,
Ah ! c'est par la poussière... en est-il avili ?...
Eh ! peut-on empêcher un Thersite féroce
De mordre ou déchirer, dans sa fureur atroce ?
 Contrefait et bossu, détestable bavard,
Dans la fange il se vautre, en serpent ou canard ;
Dans sa bouche le fiel s'exhale en pourriture,
Et l'on rit en fuyant un tel monstre d'ordure.
Hardiment crapuleux dans ses folles amours,
Il ne recherche point les grâces, leurs atours ;
Une chauve-souris exciterait sa flamme ;
Il flétrit sa maîtresse, il n'en fait point sa femme... (23)
 De la nuit vers le jour, ou du jour vers la nuit,
En vrai *Colin-Maillard* il marche et se conduit ;
S'il dessine ou dépeint, s'il réfléchit, intrigue,
Sans cesse dans l'erreur, il obsède, il fatigue.
Un jour, il dessinait un pont sur un ruisseau, (24)
Et dans un clos petit un pavillon très-beau ;
De son jardin anglais disposant comme un âne,
Il voulait du berger y placer la cabane.
 C'est un panier percé ; ses créanciers, dit-on,
Le voulaient à la Force, ou bien à Charenton ;
Mais dans ce grand pourceau trouvant quelques ressources,
On croit que de son vice on tarira les sources.
 Cela serait heureux, surtout pour ses parens,
Qui, pour se mieux régler, ont des vœux différens.
Que ne suit-il enfin du bonhomme de père,
En affaire et plaisirs, le prudent caractère !
 Demandez à ce riche en quelle occasion
Il a gagné son bien : cherchez-en la raison.
 Revenu du palais, c'est contre toute attente
Qu'il étale à nos yeux sa fortune insolente.
A-t-il pu l'amasser sans frauder dans l'état ?
Qu'était-il en entrant ? C'était un avocat.

Naguères, je l'ai dit, son avoir était mince, (25)
Et pourtant sa maison paraît celle d'un prince :
Il a volé partout ; chaque grade, pour lui,
Devint un moyen sûr d'extirper en autrui
L'or que nous lui voyons ; sans talens, ni science,
Très-haut, sec, un peu noir, sa fortune est immense. (26)
  Hé bien ! Que voulez-vous ? Fixez un tel sujet,
Vous trouverez du bon : général ou préfet,
Par fois il nous offrit les traits d'un galant homme,
En mérite ou vertus, lui décernant la pomme,
De sa mère indigente en soignant les vieux jours
Il calma la détresse avec de grands secours.
A son prince en danger il eût sauvé la vie,
Si la seule justice avait été suivie...
  Ainsi, nous l'éprouvons, les trop faibles humains
Ont toujours pour agir des ressorts incertains,
Et suivant leur caprice, en un ordre arbitraire,
On les voit, tour-à-tour, très-mal ou très-bien faire.
  Mais tout en critiquant juriste, entrepreneur...
Non, je n'ai pas l'idée, excitant leur humeur,
De les désespérer : c'est un pur badinage ;
Sur d'autres qualités ils ont leur avantage.
De l'homme en général je trace les portraits,
De son mérite en tout sans oublier les traits.
  Si donc, ami lecteur, tu reconnais ton vice,
En lisant mes écrits, va, je suis ton complice,
Et comme à toi sans doute, on peut, sur mes défauts
Lancer de bons lazzis... disposer des bons mots...
Faut-il donc nous fâcher ? Sommes-nous infaillibles ?
Tâchons d'être meilleurs, sans être incorruptibles.
Aux seuls anges des cieux toute perfection,
Pourrait être donnée, en cette occasion.
Consolons-nous, amis, d'être parfois des hommes,
Du bien comme du mal, offrant, livrant les sommes...
  Un Prince est-il aimable ; est-il jeune, brillant ; (27)
Un courtisan adroit, de cet auguste enfant
Bientôt vient s'emparer... Abusant de son âge,
Il offre des attraits... il met tout en usage
Pour débaucher son maître... on devient libertin,
Guidé par le méchant, dont on suit le chemin...
  Or, les plus grands malheurs résultent de tel vice,
Des révolutions le cruel maléfice :

Dévore les humains... Enfin vient un beau jour ;
Par son conseil encor l'avarice a son tour :
On veut épargner l'or, et d'aucuns sacrifices
On ne veut pas payer les plus anciens services
   Voulez-vous un emploi ? Tâchez de découvrir
Comment vos louis d'or vous pourrez nous offrir.
S'il faut trente mille francs pour qu'on mette à la porte
Un sujet de mérite, aussitôt de main forte
Vous aurez le secours : fussiez-vous duc et pair,
L'or prend votre palais, et vous met en plein air.
L'homme lettré décampe, et le sot lui succède ;
Contre de tels abus il n'est point de remède.
   N'allez pas opposer... Mon adversaire est vieux ;
Il est infirme, aveugle... il a pour lui les Dieux. (28)
De tout être sensé les discours dits sinistres
Sont réduits au mépris, auprès de leurs ministres.
En vain vous écrirez en prose ou bien en vers,
Si par fois on vous lit, ce sera de travers...
Et vous lançant les traits d'une folle jactance,
On flétrit au rebut votre correspondance...
   Un homme de mérite est-il à redouter ?
Notre fausse Thémis vous saura l'exporter,
Ou le perdre, ou l'occir, suivant que sa malice
Peut retirer de fruit d'une insigne injustice.
On commande un procès à des juges flatteurs,
Comme on fait d'un habit avec tous nos tailleurs, (29)
Si c'est pour vous asseoir vous aurez la *culotte*,
Et si c'est pour la tête, on aura la *capote*.
   Bah ! la forme n'est rien, tout est d'invention ;
Vous serez tous occis avec *convention* ; (30)
Les moyens, les témoins, tout viendra d'abondance ;
Du sort le plus affreux vous subirez la chance ;
Et Socrate, et Jésus, et d'Enghien, et Louis, (31)
Et nombre de martyrs... des vices inouïs
De la fausse Thémis, ou plutôt de ses crimes,
Ont été de tout temps, et seront les victimes...
   Mais il faut imiter nos illustres Bourbons :
Sur la justesse en tout nous donnant des leçons,
Par leur générosité l'on fera de la France
Un véritable Éden, brillant par l'abondance,
Enrichi par la paix... Il nous fallait un roi
Comme Louis dix-huit, dont la candeur, la foi,

Au dehors, au dedans, donnant la confiance,
Pour rendre le bonheur, assurent bonne chance...
    Tels d'Orléans, Condé, tel Monseigneur D'ARTOIS,
Inspirent leur amour à tous les bons Français !
Le plus mince officier est cher à leur pensée, (32)
Aussi nous les aimons!.. Oui, nous les chérissons !
Vivent... Vivent toujours les augustes BOURBONS !!!
Ah ! qu'ils règnent sur nous!.. Ils aimaient nos ancêtres...
Nous serons bons sujets, puisqu'ils sont si bons maîtres...

NOTES.

(1) L'AUTEUR suppose deux Thémis, l'une fausse, l'autre vraie; il est sensible que leurs ministres en prennent le caractère...

(2) Cette facilité de mal interpréter les plaintes d'un plaideur dépouillé, est, sans contredit, un grand malheur; c'est la première et principale cause de l'arbitraire et de l'iniquité... du vol même...

(3) L'Avocat Patelin ne l'a-t-il pas prouvé? Faute d'un petit écu, on convoite du drap.

(4) Bien entendu, il est de nombreuses exceptions...

(5) Au lieu « d'avertir. »

(6) *Biais.* — Il est des gens qui n'aiment pas ce mot; j'aurai occasion de le prouver par la suite, pour certains meneurs de la comédie française.

(7) Il est d'une taille fort élevée; du reste, si le ventre gros, ou petit, n'ajoute pas au mérite, il ne le détruit point.... Mais ne faut-il pas un canevas?...

(8) Pour *déchirer, brûler.* Voyez le n°. 6 de ma satire *Damon.*

(9) *Malouc.* — Nom burlesque d'invention; je sais qu'il y a un Dieu nommé *Moloch,* et non *Malouc.* — Outre qu'il ne rimerait pas ici, il fait horreur, et c'est parcette dernière raison aussi que je n'en voudrais pas; celui en question, quoique *criard, bavard,* d'un *rubicond* à voix de *rogome...* est un assez bonhomme.

(10) *L'or fait considérer.* — On l'a dit avant nous: *L'argent, l'argent, dit-on, sans lui,* etc.

(11) *On prend l'avoine.* — Quelle ingénuité! tandis que tous nos confrères jeûnent...

(12) *Cadet-Roussel.* — Comme au n°. 29 ci-après... Je l'ai connu dans un voyage de Normandie...

(13) On a supprimé les priviléges; mais on n'a pu supprimer l'iniquité, puisque, comme on l'éprouve quelquefois, il en est une autre contre les riches...

(14) *Poussière.* — Nous voilà donc au mercredi saint. — *Memento, homo ..*

(15) *Réduire tout à rien.* — *Biais.* — Voyez mes petites réflexions sur ma tragédie de *la Nouvelle Héloïse,* pour le couplet de Racine. — *De princes égorgés, la chambre était remplie,* etc. Voyez aussi le n°. 6 ci-dessus.

(16) Pour les exceptions, voyez mon *Folliculaire...* pour *fripon.* — C'est bien hardi, disent-ils. — Il a donc oublié, lui, ancien *procureur,* cette célèbre anecdote. — *Monseigneur a toujours le petit mot pour rire...* A ce sujet, voyez aussi le n°. 2 de mon Éloge de Boileau...

(17) *Débouté fatal.* — Termes de palais, surprise d'un jugement par défaut; comme l'on sait, exécrable manœuvre de certains praticiens, vrai coup d'épée par derrière...

(18) C'est donc comme dans le *Mercure-Galant;* — il n'entre aucune pierre dans leur construction, etc.

(19) Dans un voyage près les Pyrénées, je fus consulté pour cette affaire; un notaire ingrat avait demandé à son parent, à son confrère, comme homme d'affaire, à son bienfaiteur enfin; au préjudice de sa promesse, de ne prendre que ses déboursés, il avait demandé une somme de trois cents francs pour un acte de style, on lui en avait offert cinquante. Il a eu le secret de sur-

prendre cinquante-deux dans une manœuvre atroce, facilitée par l'inimitié d'un certain président trigaud, et pour ces misérables quarante sous, au lieu de partager le coût des dépens, il avait fait condamner son client au huit cents francs de frais ; encore l'être vil, pour soustraire ce qu'il devait d'ailleurs, a-t-il eu la bassesse de souscrire, au profit de son cordonnier, un transport frauduleux du prix de l'acte, et du montant des frais...

(20) *Ce fourbe.* — Il est certain qu'il n'a jamais eu l'esprit d'être un galant homme ; il est tant avide, que toutes les fois qu'il s'agit de ses intérêts, cette passion l'excite à proférer nombre d'absurdités, il en est ridicule...

(20 bis) *Pourriture.* — *Morceaux de boue...* Voyez plus haut, vers le n°. 4. N'est-ce pas encore le capucin qui parle ?... *Gnaqae notre divin J.* etc.

(21) *Le quart d'un notaire.* — Voyez *Candide*, pour le *quart d'un Espagnol.* — N'oublions pas non plus l'*Alexander magnus...* Hé donc ! les petites boîtes, fines épices... Voyez le n°. 15 de ma satire *Damon*, pour le *quart d'un avocat* : *Dumoulin*, *Gerbier* et autres, n'étaient-ils pas petits de taille ?..

(22) *Voltaire...* toujours *Voltaire...* Mais sa vieille cuisinière n'était-elle pas en possession de l'appeler *bête ?..* Ne disait-il pas souvent qu'il était un *Ragotin ?..* Voyez le n°. 4 de mes *Variétés...* Enfin, ne vous souvient-il plus comme il fut considéré en certaine région... et des *canaux...* et des *canards...*, etc. ?

(23) C'était apparemment un *faiseur d'enfans...*

(24) Quoique dans une énorme différence... C'était donc à peu près comme pour le fameux pont de Madrid ?...

(25) Voyez mes précédentes satires.

(26) *Très-haut.* — Sans doute de taille. — *Sec, Mince, maigre, fluet.... un peu noir...* Ne serait-ce pas plutôt d'un noir tirant sur le roux ?... Il est d'un bon satirique, de bien gazer, voiler son héros, de manière que le lecteur dise... C'est lui... *Non... parbleu !* c'est moi-même !... ainsi de l'auteur... — Au surplus, cette satire n'aurait-elle pas l'air aussi d'une *Dunciade*, comme celles de Pope et de Palissot ? Le premier appelait volontiers là sienne l'*Hébétiade...* ou la *Sottisade...* Pourquoi n'aurions-nous pas aussi cette ingénuité.... cette naïveté ?..

(27) *Un prince est-il aimable ?* — On pourrait citer plusieurs princes et d'autres grands personnages, même en Angleterre, et, en général, dans toute l'Europe, qui, pour avoir eu une jeunesse brûlante, en quelque sorte, n'ont pas moins été, ne sont pas moins d'excellens princes, de généreux et célèbres magistrats...

(28) *Les Dieux.* — Au moins, les *alentours...* les *entours...* les *entourages...* les *contours... Comme je suis abondant !...*

(29) *Tailleurs.* — *Culotte... Capote.* — Voilà des termes peu distingués, surtout en vers... Eh donc ! encore, *sous un double mortier*, etc... Et puis, *capote*, allusion au *capout* des Russes .. *Capout...* je dois bien me ressouvenir de ce mot. Tout en me pillant, ces messieurs ne laissaient pas que de me le prodiguer avec beaucoup d'aménité... *O terreur !..* trois fois, quatre fois, mille fois *terreur !..* Mais, tirons le rideau... la paix... la paix...

Si d'ailleurs dans les lieux les plus respectables de justice, littérature, etc., il s'introduit des funambules... des saltimbanques... Frélon,... des Gilnet et autres bateleurs... est-ce notre faute ?.. — Et sur l'arbitraire de la fausse Thémis, n'oublions pas l'anecdote du comte d'Essex, s'accusant, par moquerie, de ses victoires et du bien qu'il fit à l'état, comme d'autant de crimes... Voyez les vers cités à ce sujet, dans le *Journal de Paris* du 1ᵉʳ. février 1812... Hélas ! l'heureux prince qui, comme Frédéric IV, roi de Danemarck, pouvait dire à son fils : « *Je n'ai pas une goutte de sang sur les mains !!!* » — Admirons Voltaire osant dire aussi au grand Frédéric : « *Il pleure, le tigre !* » Et Mécène jetant ses tablettes au nez d'Auguste, avec ces mots inscrits : « *Retire-toi, bourreau !..* »

(30) *Convention.* — *Allusion à la convention* sur le malheureux procès du Roi *martyr.*

(31) *Et d'Enghien et Louis.* Je me rappelle que j'eus la hardiesse d'écrire en faveur d'un prince , et de m'être armé d'une fameuse anecdote qui , *au lieu du coup de sabre pour trancher la tête, fit paraître des lettres de grâce... comme le chapon au lieu du lion*, etc... Quant au feu roi *martyr*, voyez mon quatrain : *Un roi ne répond pas à des sujets rebelles*, etc..., et le n°. 1ᵉʳ. des notes de mon *Aristarque à la campagne.*

(32) Il est pourtant nécessaire d'observer que chez Monsieur, les anciens officiers ne sont pas aussi heureux que le cœur magnanime de S. A. R. semblait devoir le faire espérer. — Par exemple, on était dans l'usage de former les nouvelles maisons des jeunes princes , avec les officiers en activité dans celles de leur auguste père ; or on a choisi presque toutes nouvelles figures pour ces places , même pour les dernières ; et de plus , des huissiers de l'antichambre sont montés au cabinet, etc. A la vérité, ceux qui se trouvent dépouillés , obtiennent des pensions de la munificence du prince qui ne doit rien ; mais, nonobstant ces pensions de retraite ou autrement, on a perdu le droit ou faculté indulgente de survivance , dont la vente procurait une indemnité... — On prétend que chez le Roi, les officiers ont été plus habiles ou plus heureux, surtout aux gobelets ; ils ont commencé par s'emparer de leur ancien service , de manière que toute intrigue et nouvelle spéculation bursale à cet égard (*bien entendu , toujours étrangères et inconnues aux princes*) , se sont trouvées en défaut... — Enfin , notre prince est si magnanime , qu'on ne cessera sans doute de trouver dans sa constante protection et royale générosité , un adoucissement pour le sort de ceux qui surtout présentent un service de près de trente ans , après avoir supporté avec beaucoup de courage , dans le cours de la révolution , la défaveur et les risques auxquels une iniquité barbare les exposait pour leur titres, qu'ils n'ont pas cessé de chérir et de porter dans leurs cœurs , sans oublier parfois leurs premières qualités de citoyens * auxquelles ils devaient aussi.... Et si quelques-uns d'entre eux , par des circonstances impérieuses, se sont trouvés possesseurs de propriétés nationales, n'ont-ils pas perdu , les uns , leurs états, leurs fortunes, les autres , leur existence même ?...

Quant à moi , fort de la protection de mon maître , de mon prince , je devais être receveur particulier des finances à Paris ; place d'un produit annuel de vingt-cinq à trente mille francs. Non-seulement j'ai perdu tout espoir sur cette place , dont j'avais le bon, et sans avoir jamais retiré aucun avantage de mes avances en cour et au parlement, après avoir tout perdu.... à peine ai-je pu recevoir un modique revenu pour végéter au village , en province, loin de la capitale et de la cour, où ces avances et la protection d'un grand, et du plus aimable prince semblaient me promettre un sort si heureux !!!...

P. S. Mais, vous disent avec un ton goguenard, les illustres jugeurs *d'un greffe poudreux*,... un vieux Tartufe... jusqu'au plus petit des clercs... — Monsieur le *jurisconsulte*,... Monsieur le *Poëte*,... *L'homme de lettres*.. vous prétendiez pouvoir remplacer l'abbé De-lille à l'académie.. — Hé bien, Messieurs! moi, vous-mêmes, *en dépit de votre incivilité*, ne sommes-nous pas du bois dont on a fait les hommes célèbres?...—Et comme tant d'autres, votre abbé De-

---

* Au fort de ses malheurs , Monsieur disait lui-même : « Hé ! messieurs , ne soyons pas plus royalistes que mon frère...»

lille et sa muse un peu bavarde *, n'ont-ils pas eu leurs détracteurs? Vous ne connaissez donc point le chou et le navet de Rivarol ? Vous oubliez encore le Bahut de Fontenelle , les Thersites... Zoïles, les Fréron, Geoffroy, *les Gilnet*, etc. De grands garçons comme vous, devrait-on donc être toujours occupés à les instruire?... Vous oubliez de même les fredaines de la fausse Thémis, auprès de l'académie, et des autres instituts; quand il faut de la valeur, ils placent la science, et quand il faut de la littérature, ils placent le courage; c'est aussi ce qui m'a inspiré le quatrain suivant, au profit de l'académie, sur la réception de M. de Sèzes.

> En recevant du roi le vaillant défenseur,
> Des gens de l'Institut prônons l'intelligence;
> S'ils recherchent très-peu le vrai littérateur,
> Ils placent le courage , au lieu de la science.

Voilà deux fois que j'ai l'air d'attaquer M. de Sèzes : sur la première, je me reporte à la note que je lui ai fait passer : sur celle-ci, j'observe que M. de Sèzes n'est point un vrai littérateur. Je le crois un très-bon jurisconsulte , digne sous tous les rapports de bien remplir le grade éminent qu'il occupe; mais si j'avais été de l'académie, avec la sévérité de Patru, je me serais opposé à sa réception : les vrais amis ne flattent point. *Ventre-saint-gris*, il faut être franc même avec le souverain, comme le brave Sully qui n'a point craint de déchirer une promesse de mariage, pour la gloire de son maître et l'intérêt de la patrie

Or, si l'on est franc de cette manière, pourquoi ne le serait-on pas avec un ministre? surtout, quand à titre d'avocat ils se trouve avoir été un de nos anciens collègues?..

RÉPONSE

A un article du feuilleton de la Gazette de France *du 20 octobre* 1815.

ENCORE une platitude de journaliste... Nous allons rire un peu... Le venin est lancé contre mon poëme des *Mondes de Fontenelle*. Est-ce un nouveau *Gilnet* ? on n'aperçoit ni *A* , ni *B* , ni *C. Un rapport clandestin* , etc.... voyez Gresset et la page 20 de mes Variétés. — Je l'avais bien prévu que certains journalistes ne manqueraient pas de prendre nos mondes , nos astres pour des souris.— Le (1) *malheureux* rédacteur ose dire que mon idée est *malheureuse* , *extraordinaire* (2) ? *Le crocan* voudrait enlever, d'un seul trait, à la poésie, l'empire des mondes... des astres... des cieux... enfin les attributs de la mythologie, pour enfouir le tout apparemment dans sa prose ou *galimatias* de feuilles volantes ; il me place entre deux ouvrages qu'il annonce , qu'il pré-

---

* Mais en général très-distinguée , et digne des plus grands éloges.

tend mauvais, ou ridicules ; et là, comme à Jésus entre deux voleurs, il dirige contre le cœur d'un bon père le coup de sa lance envenimée. Il fait plus le *Zoïle* (3) : nous donnant du *pointu* de la foire, il pousse la grotesque insolence, jusqu'à dire que mes vers ne renferment que des *turlupinades*, *des mauvaises plaisanteries au-dessous de la médiocrité...* Et ses noires impertinences, ses grossiers quolibets, les mettrons-nous *au-dessus de l'absurdité* (4)? *L'imbécile !* il s'imagine qu'on ne le devinera pas ; il prône Fontenelle ! Si on ne le voyait que poindre, lui et d'autres (5) *reptiles* seraient ardens pour l'étouffer, en contribuant à remplir le fameux *bahut...* (6) *Le misérable*, il a l'audace de compromettre les intentions d'un prince, que le respect nous défend de nommer, sur l'hommage de l'un de ses plus anciens officiers de la maison de l'auguste père de S. A. R. — Si l'on n'a pas accepté, on n'a point refusé : il affecte d'oublier cet adage ancien et populaire : « *qui ne dit mot, consent.*» — Enfin *l'histrion*, (7) *feuilliste* ou *scribe*, en bas et *vil flatteur*, pensant plaire au plus fort, au puissant en place, il oublie aussi que le talent réclame l'équité, et que l'indulgence n'est que pour un *sot* (8) *folliculaire* de son espèce... Il serait d'un mauvais ton, je risquerais d'ennuyer mon lecteur, si je le fixais plus long-temps sur un feuilleton aussi bête...

Il faut enfin se reporter à mon *folliculaire*, *satire*, et aux anecdotes des *Télécomanie...* et *Lutrigot...* N'ont-ils pas dit que Voltaire ne savait pas le français... les *Frérons...* les *Geoffroy...* et tant d'autres *Gilnets ?*..

---

* Voilà huit numéros d'injures, dignes de figurer dans le plus fin de tous les feuilletons possibles.

ROMANCE

Relative à la position de S. M. Louis XVIII, le Désiré, lors de son séjour en pays étrangers.

Air *de celle de Richard-Cœur-de-Lion. —* Une fièvre brûlante.

I

Une brigue insensée,
Depuis plus de vingt ans
Me livrait aux méchans,
Par leur fureur poussée.
Tant de maux cherchant à finir;
J'étais sur le point de périr...,
Mais une autre Antigone,
D'un soin tendre, assidu,
Rappelle une couronne
A mon cœur éperdu.

2

De ma pauvre patrie,
Contemplant les malheurs,
En répandant des pleurs
Je réfusais la vie...
Or, Angoulême et son époux
Presssant. embrassant mes genoux,
Ils fixaient la couronne,
Me l'offrant dans leurs vœux,
Mon aimable Antigone
La plaçait sous mes yeux...

3

Je prends cette couronne
Pour aider mes enfans;
Ils seront tous contens
Puisque la paix la donne...
Français! mes bons, mes vrais amis,
Ah! par cette paix affermis,
N'ayons donc plus qu'une âme,
Qu'on voye à tous instans,
S'aimer d'ardente flamme,
Le père et les enfans...

LA GARDE NATIONALE,

Ariette de table.

Air : *Aussitôt que la lumière.*

1

Dès que l'aube d'un beau jour
Vient éclairer ma patrie,
Mon Dieu, mon Roi, tour à tour
Je chante... et l'âme attendrie...
Auprès d'un bon déjeuner,
Faisant sonner la fourchette,
Je me plais à fredonner
Pour le Prince et ma Fanchette.

2

J'invoque le brave Henri;
Au gros sel croquant la poule,
Je songe au Roi favori,
Et gaîment le temps s'écoule...
Mes vœux sont pour les Bourbons;
Je bois comme un diable à quatre
En gravant sur mes poinçons
Mon ardeur opiniâtre.

3

Alors je prends mon fusil,
Répétant mon exercice,
On voit froncer mon sourcil
En volant à mon service....
Je braverais l'univers,
Pour un nouvel Henri Quatre ;
Par l'épée, ou par des vers,
Toujours dispos, prêt à battre.

4

Pour mieux couronner nos vœux,
Faire cesser toute guerre,
Un ange sorti des cieux
Est auprès d'un second père...
Or, si l'on voit dans Berri
La chaleur du diable à quatre,
C'est qu'il tient du grand Henri
Pour bien aimer, boire et battre...

5

Mais salut au colonel,
A Paris, soit en province,
Ah ! d'un amour éternel
Assurons l'aimable Prince...
Oui, ce royal chevalier,
Dont les grâces infinies
Font un si beau Cavalier
En cour, aux cérémonies !!!...

6

Vive notre bon Louis !!!...
Vive toute sa famille !!!...
Corbleu ! buvons, mes amis,
Comme Henri, ce noble Drille,
Réunissons nos efforts,
Louis étant notre Père ;
Que par nos joyeux accords,
Chacun en nous voie un frère...

LE QUATRAIN PATRIOTE,

Pour être inscrit au bas du buste de Sa Majesté.

On vit dans Henri Quatre un moderne Titus,
On signale en Louis de tous deux les vertus,
Zélé médiateur pour la paix sur la terre,
De tous les vrais Français, il est de plus le père.

DE L'IMPRIMERIE DE FAIN,
RUE DE RACINE, N°. 4, PLACE DE L'ODÉON.